Disney · PIXAR

VICE-VERSA

Le roman du film

Adaptation : Nicolas Jaillet
Conception graphique : Célia Gabilloux

Hachette Livre, 58, rue Jean-Bleuzen, 92178 Vanves Cedex.

Disney · PIXAR

VICE-VERSA

Le roman du film

hachette
JEUNESSE

Riley

Riley a onze ans, et une imagination débordante ! Mais lorsque sa famille quitte le Minnesota pour emménager à San Francisco, sa joie de vivre s'efface peu à peu. Il faut dire que ce n'est pas facile de s'habituer à une nouvelle école et de s'y faire de nouveaux amis...

Joie

Depuis sa naissance, Joie est l'émotion qui règne sur l'esprit de Riley. Le rire est sa mélodie préférée, et elle travaille très dur pour transformer chaque instant en un souvenir joyeux. Tout ce qui compte pour elle, c'est que Riley soit heureuse... Après tout, n'est-ce pas là l'essentiel ?

Tristesse

Tristesse aimerait être plus optimiste, mais c'est difficile de rester positif quand le monde qui nous entoure est rempli de souffrance. Parfois, la vie de Riley est si triste que Tristesse n'a pas d'autre choix que d'appeler Papa et Maman à la rescousse. Pour cela, il suffit d'ouvrir les vannes et de laisser couler les larmes...

Colère

Colère aimerait pouvoir garder son calme… Mais comment faire face à tant d'injustice ? Depuis que Riley est toute petite, il se bat pour des causes qui lui tiennent à cœur, comme la suppression de la sieste, par exemple. Colère n'a pas la tâche la plus facile, mais il faut bien que quelqu'un se dévoue !

Peur

Il y a peu de choses que Peur ne trouve pas trop dangereuses, voire mortelles. En ce moment, il est particulièrement préoccupé par l'entrée de Riley au collège et son lot de périls ! Il fait de son mieux pour protéger Riley… Et, pour y parvenir, il ne peut compter que sur lui-même !

Dégoût

Dégoût a toujours été très fière de ses goûts raffinés. Ils lui ont quand même permis de toujours protéger Riley des brocolis ! Et même si ses collègues la trouvent trop élitiste, elle refuse de revoir ses critères à la baisse. Le monde est dégoûtant, et il est de son devoir de le clamer haut et fort !

chapitre 1

Des émotions en ébullition

À la naissance de Riley, Joie découvre un endroit étrange et beau : l'esprit de Riley.

Joie est un assemblage de particules d'énergie jaunes : l'une des émotions du bébé. Depuis le Quartier Cérébral, la salle de contrôle de l'esprit de Riley, elle découvre le monde à travers les yeux de celle-ci. Face au tableau de bord qui permet de piloter les réactions du nouveau-né, Joie voit, émerveillée, les parents se pencher sur leur petite fille pour la toute première fois.

— Bonjour, Riley ! dit Maman.

— Regarde comme elle a l'air gai ! se réjouit Papa. C'est un torrent de joie, cette petite !

Dans le Quartier Cérébral, une sphère dorée roule le long d'une rampe jusqu'au bord de la console, illuminant la pièce de sa douce lueur. Joie prend la sphère entre ses mains. On y voit les parents de Riley, souriants. « Un torrent de joie ! » répète Papa. C'est le souvenir marquant du moment auquel Joie vient d'assister. Elle repose la

sphère, qui roule jusqu'à l'étagère des souvenirs.

Joie adore Riley. Elle fera tout son possible pour rendre sa vie heureuse. Elle croit qu'elle sera seule avec elle pour toujours. Mais quelqu'un d'autre apparaît dans la salle de contrôle et se met à manipuler les commandes. Aussitôt, Riley se met à pleurer.

— Je m'appelle Tristesse, se présente la nouvelle apparition, de couleur bleue.

— Pardon, s'excuse Joie en poussant délicatement Tristesse. Je vais arranger ça.

Joie se livre à quelques manipulations, et Riley cesse de pleurer.

Avec le temps, d'autres émotions apparaissent. Les souvenirs prennent des couleurs différentes, selon les émotions éprouvées par la petite fille.

Peur est là pour tenir Riley hors de danger. Il l'aide à éviter tout ce qui peut la blesser : câbles électriques, skateboards, chiens... Sa phrase préférée, c'est : « Attention ! » Et sa couleur, le violet.

Dégoût est verte. Elle a l'œil pour repérer de loin tout ce qui mérite un « Beurk ! » Les brocolis, par exemple.

Mais aussi certaines personnes. Elle permet d'éviter à Riley d'entrer en contact avec des choses ou des gens qui peuvent être toxiques.

Quand Riley est confrontée à une injustice, c'est Colère qui prend les rênes. Il est petit, rouge et... ...susceptible. Quand il se fâche vraiment, sa tête s'enflamme.

La plupart du temps, les émotions laissent le contrôle à Joie, et celle-ci reconnaît volontiers l'utilité de ses collègues. Sauf de Tristesse. À quoi peuvent bien servir les pleurs et les chagrins répétés? Joie ne veut surtout pas que Riley soit triste ! Et la plupart des souvenirs sont des sphères de couleur dorée, comme elle. Certains sont plus importants que d'autres. Ils dureront parfois toute la vie. Comme le jour où Riley, à deux ans et demi, a marqué son premier but au hockey avec ses parents !

L'esprit de Riley est d'une grande complexité. Autour du Quartier

Cérébral des émotions gravitent les îles de la Personnalité, chacune représentant un aspect du caractère de la fillette... Pour l'instant, il y a les îles du Hockey, de l'Amitié, de la Famille, de l'Honnêteté et des Bêtises. Elles sont reliées à la Mémoire Centrale de Riley par les rayons lumineux de ses souvenirs. Ce sont eux qui maintiennent les îlots en fonction. Les émotions adorent les regarder briller par la lucarne à l'arrière du Quartier Cérébral.

Riley a connu une enfance heureuse avec ses parents, dans une petite ville du Minnesota, aux États-Unis. Elle sort avec ses amis, joue au hockey ou patine sur le lac gelé. À la fin de chaque journée, Joie se débrouille pour que la plupart de ses souvenirs soient dorés. Mais l'année des onze ans de Riley, ses parents prennent une décision qui va tout chambouler…

chapitre 2

Le déménagement

Le père de Riley a un nouveau travail; toute la famille doit donc déménager à San Francisco. Le trajet en voiture est interminable.

— Pourquoi est-ce qu'on n'emménage pas directement dans cette voiture? demande Dégoût. Ça fait une éternité qu'on est là!

Pour remonter le moral des troupes, Joie lance un disque en forme de nuage : c'est là qu'elle a enregistré les plus belles pensées de Riley sur la nouvelle maison qui l'attend. Joie adore celle de la maison de pain d'épices, avec les fenêtres en sucre. Colère préfère celle du château gardé par un dragon.

Quand Papa se gare enfin et que Riley descend de voiture, toutes les émotions retiennent leur souffle... Ça ne ressemble en *rien* à ce dont ils ont rêvé !

— À l'intérieur, ça doit être mieux, suppose Joie devant la façade délabrée.

Mais à l'intérieur... c'est encore pire ! Les pièces sont petites, sombres, et sentent le moisi.

Colère proteste :

— On va vraiment vivre ici ?!

— Je crois que je vais vomir, dit Dégoût, qui vient d'apercevoir une souris morte dans un coin.

— Est-ce qu'on peut mourir d'un déménagement ? s'inquiète Peur.

La journée se poursuit, et ça ne s'arrange pas. D'abord, la famille apprend que le camion qui transporte tous ses meubles ne

sera pas là avant deux jours! Autre mauvaise nouvelle: Papa est appelé à son travail et doit s'en aller dès maintenant.

— Il ne nous aime plus ! s'écrie Peur.

Joie cherche une idée et découvre que Riley a faim. Elle fouille dans les souvenirs immédiats et trouve

l'image d'une pizzeria que la fillette a vue juste avant d'arriver. Riley et Maman s'y rendent. Mais, troisième mauvaise nouvelle : cette pizzeria ne vend qu'une seule pizza, et elle est aux... brocolis !

— C'est trop pour moi, soupire Dégoût.

En rentrant de la pizzeria, Riley et Maman doivent descendre un escalier très raide. La rampe est incroyable ! Riley n'en a jamais vu d'aussi longue. Quand elle s'assied dessus, l'île des

Bêtises s'illumine. Joie prend les commandes, pleine d'espoir : enfin un bon souvenir en perspective !

Mais Riley change d'avis. Elle descend de la rampe et emprunte l'escalier en baissant la tête.

— Qu... quoi ? Qu'est-ce qui s'est passé ? demande Joie, alors qu'un souvenir roule à ses pieds.

Sans les souvenirs marquants, les îles n'ont plus de source d'alimentation. À travers la fenêtre, l'île des Bêtises devient sombre et silencieuse. Joie ramasse la sphère et se dépêche de la ranger.

— Tristesse ! Qu'est-ce que tu fais ?

— Le souvenir avait l'air d'être abîmé, alors je l'ai pris, et il est tombé. Je...

Une fois le souvenir de nouveau en place, l'île des Bêtises se remet en marche. Joie pousse un cri de joie.

— Bon, peut-être... peut-être que j'aurais bien aimé en tenir un dans mes mains, moi aussi, admet Tristesse.

Elle s'approche d'un autre souvenir, et la sphère commence déjà à se colorer en BLEU !

Joie bondit pour l'arrêter :

— Tristesse ! Si tu transformes un souvenir, on ne peut pas revenir en arrière !

— Pardon. Je ne fais que des erreurs. Je suis vraiment un boulet.

Tristesse soupire. Des larmes roulent sur ses joues.

— Oh, non ! gémit Joie. Pourquoi pleures-tu ?

— J’aime bien pleurer, répond Tristesse. Ça m’aide à prendre mon temps pour résister à la pression de la vie.

Pour occuper Tristesse, Joie lui tend un manuel sur le cerveau.

chapitre 3

Une nouvelle école

Le lendemain matin, premier jour de classe pour Riley dans son nouveau collège, Joie déborde d'énergie positive. Elle réveille tous ses collègues avec un air d'accordéon. Elle veut que ce jour soit parfait.

— Dégoût, je compte sur toi pour que Riley fasse sensation !

— Je m'en occupe ! Quand j'en aurai fini, Riley sera tellement cool que toutes les autres filles en feront des cauchemars !

Quand Tristesse apparaît, Joie l'installe dans un coin de la pièce et trace un cercle de craie autour d'elle :

— Ton travail à toi, c'est de veiller à ce que toute la tristesse reste à l'intérieur de ce cercle.

Tristesse obéit à contrecœur. Joie sent qu'elle est contrariée, mais pour que cette journée se passe bien, mieux vaut qu'elle ne s'en mêle pas !

— Allez ! On va passer une *belle* journée, qui deviendra une *belle* semaine, qui deviendra une *belle* année, qui deviendra une *belle* VIE !

Riley est prête à partir.

— Alors, c'est le grand jour ?! dit Maman. Tu vas te faire de nouveaux amis !

— Je sais ! J'ai un peu le trac...

L'île de la Famille s'anime tandis que Riley discute avec sa mère.

— Tu veux qu'on t'accompagne ? propose cette dernière.

Dégoût s'insurge :

— Se montrer en public avec Maman et Papa ? Non, merci !

— Non, merci ! répond Riley. Ça ira très bien ! Salut !

La fillette s'arrête devant l'entrée de son collège. Il est beaucoup plus grand que ce qu'elle imaginait ! Riley surmonte son appréhension, entre dans le bâtiment et trouve sa classe. Les émotions cherchent à repérer dans la salle des camarades qui pourraient devenir ses amis...

— Bonjour à tous ! lance le professeur en entrant.

Et elle ajoute, avec un geste vers Riley :

— Nous avons une nouvelle parmi nous !

Peur bondit sur place.

— C'est une blague ?! Comme ça, d'entrée ?

Quand le professeur demande à Riley de se présenter, les nerfs de Peur craquent :

— Nooooon ! Fais-leur croire que tu es muette !

— Pas de panique ! le rassure Joie en basculant un levier. Je m'en occupe.

Riley sourit et prend la parole.

— Je m'appelle Riley Anderson et je viens du Minnesota.

— C'est comment, le Minnesota ? demande le professeur. Je suppose que vous avez plus de neige que par ici !

— Elle est trop drôle ! s'esclaffe Joie.

Riley sourit et se met à raconter sa vie dans le Minnesota. Son équipe de hockey, son amie Meg, le lac gelé en hiver... À la demande de Joie, un souvenir heureux de la famille glissant sur le lac apparaît.

Mais, soudain, la sphère devient bleue. C'est Tristesse. Elle a quitté son cercle de craie et tient le souvenir entre ses mains. Joie le lui reprend et essaie de le remettre en place, mais celui-ci lui résiste. Quand elle se retourne, elle s'aperçoit que Tristesse a pris les commandes !

— Oh non ! crie Peur. On est en train de pleurer en plein cours ! Tout le monde nous regarde !

Joie arrive à écarter Tristesse des commandes, mais il est trop tard : une nouvelle sphère glisse le long des rails, et elle est toute bleue ! Les émotions sont consternées : ce premier jour de classe a fait naître un nouveau souvenir, et il est bleu ! Joie a une réaction excessive et fait une énorme bêtise : pour se débarrasser de ce souvenir triste, elle se sert du tube d'aspiration qui normalement ne doit fonctionner que le soir. Tristesse tente de l'en empêcher... Alors qu'elles se disputent, elles heurtent le réservoir de la Mémoire Centrale, dont s'échappent cinq sphères, ce qui éteint aussitôt les îles de la

Personnalité... Et voici que le tube évacue Joie, Tristesse et les cinq sphères du Quartier Cérébral !

Pendant ce temps, dans la salle de classe, le professeur remercie Riley d'avoir partagé ses souvenirs avec ses camarades. La fillette va s'asseoir en essuyant ses larmes.

chapitre 4

Bienvenue dans le Monde Cérébral

Blam !

Après une longue chute, Tristesse et Joie atterrissent dans l'immensité du Monde Cérébral. C'est la première fois de leur vie qu'elles quittent le Quartier Cérébral. Joie ramasse les cinq sphères jaunes qui n'auraient jamais dû être aspirées.

— Oh non ! s'exclame Tristesse. Les îles ! Elles sont toutes éteintes !

C'est la terrible réalité. Privées de l'énergie indispensable que leur fournissent les souvenirs marquants, les îles ont toutes sombré dans la nuit.

— On... on va arranger ça, tente de la rassurer Joie sans être bien sûre d'y croire.

Le seul moyen de rejoindre le Quartier Cérébral est de remonter les rayons qui alimentent toutes les îles. C'est une longue journée de marche qui s'annonce...

Ce n'est pas facile pour les trois émotions restées aux commandes. Peur, Colère et Dégoût essaient de se mettre dans la peau de Joie... sans grand succès.

Au dîner, Maman remarque le comportement étrange de Riley et lui demande comment s'est passée sa journée. Mais la fillette répond à peine. Ce qui se comprend, puisque c'est Peur qui la contrôle. Colère prend le relais juste au moment où Maman demande à Papa d'intervenir. Et comme chez Papa, le sentiment principal est aussi la colère, l'échange tourne vite au vinaigre.

Riley monte dans sa chambre et claque la porte derrière elle.

— Je crois que j'ai très bien géré la situation ! se réjouit la Colère de Papa.

— C'est une catastrophe ! déplorent les émotions de Maman.

Pendant que Joie et Tristesse remontent le rayon situé au-dessus du Précipice de la Mémoire, Papa entre dans la chambre de Riley et trouve sa fille allongée sur son sac de couchage.

— Je crois qu'on s'est énervés un peu vite, tout à l'heure. Tu veux en parler ?

Mais Riley reste silencieuse. Papa sait comment la faire sourire. Un truc qui ne rate jamais, c'est quand il imite le chimpanzé. Il se met à faire des grimaces :

— Hein, petit singe ? Hou hou hou...

La fillette ne réagit pas. Elle lance à son père un regard vide avant de lui tourner le dos.

Crrrrrrck !

Dans un craquement terrible, l'île des Bêtises se met à trembler comme un vieux rafiot. Des morceaux entiers s'en détachent et tombent.

Joie et Tristesse sentent la vibration parcourir le rayon qui relie les îles sous leurs pieds.

— Cours ! Cours ! ordonne Joie.

Tristesse et elle retrouvent la terre ferme. Elles regardent, effrayées, le trou béant qui a remplacé l'île des Bêtises.

— C'est horrible ! s'écrie Tristesse. Si l'île des Bêtises a disparu, il peut arriver la même chose à l'île de l'Amitié, l'île du Hockey, l'île de l'Honnêteté... Mais tu vas arranger ça, hein ? ajoute-t-elle à l'attention de Joie.

— Je ne sais pas, murmure cette dernière.

Tristesse pousse un gémissement. Joie se reprend :

— On va essayer, OK ?

Le ciel est devenu sombre : Riley s'est endormie.

— Au moins, rien de grave ne risque de se produire d'ici demain matin, explique Joie. Bon, puisqu'on ne peut plus suivre les rayons pour rentrer, il va falloir trouver un autre chemin...

Joie commence à marcher en longeant des rangées de souvenirs.

— Attends ! dit Tristesse. Ne va pas par là ! C'est la Mémoire à Long Terme ! Tu vas te perdre ! Je l'ai lu dans le manuel.

Joie ouvre de grands yeux.

— Le manuel ? Tu as lu le manuel ?

Tristesse hausse les épaules. Oui, elle a eu tout le temps de lire, enfermée dans son cercle de craie.

— Bravo ! Tu es officiellement nommée chef du plan de la Mémoire ! Allez, on y va !

Le jour se lève. Pourtant, Joie et Tristesse sont loin d'être sorties du labyrinthe de la Mémoire à Long Terme. Joie se demande si elle a seulement réussi à s'éloigner un peu de son point de départ, quand elle entend des éclats de voix à travers les milliers d'étagères pleines à craquer de souvenirs anciens.

— Des ouvriers !

Deux personnages en forme de poire portant un casque sur la tête passent l'aspirateur dans les rayons des étagères.

— Qu'est-ce que vous faites ? s'inquiète Joie.

Les ouvriers se présentent : ce sont des hommes de mémoire. Ils sont chargés de trier les souvenirs et d'envoyer les plus vieux au Vidage Mémoire... d'où ils ne reviennent jamais, explique l'un d'eux. C'est parfois cruel : par exemple, les deux ouvriers viennent de jeter quatre ans de leçons de piano, ne conservant que le souvenir de deux morceaux de musique.

— Mais il y a des souvenirs qui ne s'effacent jamais, malheureusement ! Comme celui de la pub pour le chewing-gum Trippledent !

— Ouais ! répond l'ouvrier en grimaçant. Celui-là, il tourne en boucle dans la tête de Riley !

Au Quartier Cérébral, c'est l'angoisse. Riley est au téléphone avec sa meilleure amie : Meg. Et celle-ci a une nouvelle copine ! Elle dit qu'elle est super cool, qu'elle a intégré l'équipe de hockey et qu'elles forment un binôme terrible : elles n'ont même pas besoin de se regarder pour se faire des passes.

— C'est de la transmission de pensée ! conclut Meg.

Colère se précipite sur les commandes :

— Tu aimes la transmission de pensée ? Tiens, j'ai justement un truc à te transmettre !

— Non ! Non ! crie Dégoût. Qu'est-ce que tu fais ?

Mais Peur et Dégoût ne sont pas de taille à retenir le costaud de la bande. Colère pousse une manette à fond, et Riley raccroche le téléphone au nez de son amie.

Au même instant, Joie et Tristesse entendent de nouveau ce sinistre… *Crrrrrrrrrrk !*

L'île de l'Amitié s'effondre à son tour dans le Vidage Mémoire.

— Oh non ! grimace Tristesse. Riley aimait tellement avoir une amie... Bonjour, la solitude !

Il reste l'île du Hockey, un peu plus loin.

— En route, dit Joie.

— Allons-y...

chapitre 5

Le retour de Bing Bong

Joie et Tristesse poursuivent leur chemin à travers les dédales de la Mémoire à Long Terme. Soudain, elles rencontrent un étrange personnage : un éléphant rose à moustaches vêtu d'un costume à carreaux et coiffé d'un petit chapeau. L'animal, qui était en train de fouiller dans les étagères à souvenirs, se retourne brusquement.

— Eh, mais... je crois que je vous connais, vous ! dit Joie.

— Hein ?!

— Oui, je vous connais : vous êtes Bing Bong, l'ami imaginaire de Riley, avec lequel elle s'inventait des aventures extraordinaires quand elle avait trois ans !

— C’est pourtant vrai que vous me connaissez ! confirme Bing Bong, ému.

Quand Joie lui demande ce qu’il fait, l’éléphant lui raconte que Riley a cessé de jouer avec lui, ces derniers temps. Alors, il a décidé de chercher dans sa mémoire de quoi se rappeler à son bon souvenir... Puis Bing Bong laisse couler quelques larmes de bonbons.

— Ne vous en faites pas, quand je serai de retour au Q.C., je me souviendrai de vous, le rassure Joie.

— Vous êtes du Quartier Cérébral ?

— Oui, je m’appelle Joie.

— Vous êtes Joie? *La* Joie? Mais c'est terrible! Sans vous, Riley ne peut pas être heureuse! Venez!

Décidément, Joie et Tristesse ont eu de la chance de tomber sur Bing Bong ! Il leur apprend qu'elles ne sont pas obligées de marcher: elles n'ont qu'à prendre le Train de la Pensée. En plus, pour rejoindre le convoi, Bing Bong connaît un raccourci. Il faut traverser un étrange bâtiment....

— On ne devrait pas passer par là, avertit Tristesse.

— Bing Bong dit que c'est le chemin le plus court, répond Joie.

— Mais, Joie, c'est la zone des Abstractions ! J'ai lu quelque chose dessus dans le manuel. Il paraît que c'est dangereux.

— Tant pis ! s'entête Joie. Nous y allons quand même. Le temps presse, pour Riley !

L'intérieur du bâtiment est gris et obscur, peuplé de formes étranges dans la pénombre. Peu après l'entrée des trois voyageurs, deux ouvriers se présentent devant la porte.

— Alors, quelle abstraction allons-nous étudier, aujourd'hui ?

— La solitude.

— On dirait qu'il y a quelque chose à l'intérieur. Je vais mettre la machine en marche, ça fera disparaître les parasites.

L'ouvrier referme la porte. Joie, Tristesse et Bing Bong entendent un claquement. Soudain, tout devient lumineux à l'intérieur. Les formes bizarres qui peuplent le fond de la salle se déplacent et restent en suspens dans l'air.

— Qu'est-ce qui se passe ? demande Joie.

— Oh non ! crie Tristesse. Ils ont lancé la machine !

Bing Bong s'amuse à regarder les formes danser.

— Je n'ai jamais vu un truc pareil ! s'exclame-t-il.

Les deux émotions se tournent vers l'éléphant et hurlent de terreur : Bing Bong est en train de se transformer. Son contour perd en précision et il commence à se pixéliser ! Et voilà que Joie et Tristesse changent d'apparence à leur tour.

— On est en train de s'abstractifier ! hurle Tristesse.

Vite, les intrus essaient de se précipiter vers la sortie. Mais ce n'est

pas facile de ramper, avec des bras et des jambes qui ont tendance à disparaître ! Ils entendent le train siffler au-dehors. Il semble si proche… mais arriveront-ils à l'atteindre ? Voilà qu'ils changent à nouveau de forme et s'aplatissent comme des dessins.

— On est passés en deux dimensions ! explique Tristesse.

Les trois amis luttent pour se déplacer, mais leur perception des distances est faussée : ce qui leur semble tout proche est finalement très difficile à atteindre... *Toooot ! Toooot !* Le train siffle. Il va quitter la gare.

En se tortillant, Joie, Tristesse et Bing Bong, changés en lignes de couleur réussissent à atteindre la fenêtre et parviennent à sortir du bâtiment.

Pop !

Joie et ses amis retrouvent leur forme en trois dimensions. Mais le train est déjà parti.

— Ne vous en faites pas ! les rassure Bing Bong. Il y a une autre gare un peu plus loin. Si on se dépêche, on peut le rattraper !

Et les voilà devant une grande grille, l'entrée d'un nouveau « raccourci ».

— Bienvenue dans le Monde de l'Imaginaire !

Forêt de frites, arbres à médailles, maisons en cartes à jouer... Bing Bong se sent ici chez lui.

— C'est un endroit merveilleux ! se réjouit-il. On y fait toujours des rencontres incroyables, comme... qui c'est, celui-là ?

Appuyé contre un mur, un grand adolescent soupire :

— Riley... Je pourrais mourir pour elle.

C'est le petit ami que Riley s'est inventé. Mais les trois voyageurs n'ont pas le temps de s'attarder. Ils poursuivent leur route à travers le Monde de l'Imaginaire.

À propos de Riley, justement, que fait-elle au même moment ? Elle passe les tests de sélection pour intégrer l'équipe de hockey de sa nouvelle école. Sauf que l'île du Hockey menace de disparaître de son esprit, elle aussi... Peur essaie d'aider la fillette, mais impossible de télécharger les souvenirs de hockey ! Riley, furieuse de mal jouer, pique un coup de colère en jetant sa crosse sur la glace...

Dans le Monde de l'Imaginaire, Joie et ses amis sursautent. Ils viennent d'entendre un *boom!* assourdissant: l'île du Hockey a disparu pour de bon.

— Hé ! Qu'est-ce que vous faites ?! Arrêtez ça tout de suite !

Bing Bong se précipite vers un groupe d'ouvriers occupés à jeter au fond du ravin tout un tas de vieux souvenirs. Bing Bong a reconnu son chariot à chanson-propulsion, celui qu'il a imaginé avec Riley et qui s'alimente avec une chanson qu'ils ont inventée ensemble. Bing Bong chante sa chanson, et le chariot s'anime. Il fait même quelques petits bonds sur place. Mais il finit par s'éteindre et tombe pour sombrer lui aussi au fond du ravin. Bing Bong est désespéré. Des larmes de bonbons jaillissent de ses yeux.

— Ce n'est pas possible que Riley ait oublié... C'était notre chariot... On devait partir sur la Lune.

— Oui, c'est triste, compatit Tristesse.

Bing Bong pose sa tête sur l'épaule de Tristesse et laisse couler ses larmes. Puis il s'essuie les joues, respire un bon coup, puis se comporte comme si rien ne s'était passé.

— Allez ! lance-t-il. La gare, c'est par là !

Joie est stupéfaite. Elle interroge Tristesse du regard :

— Comment as-tu fait ?

— Je ne sais pas. Il était triste, alors j'ai écouté ce qu'il...

— Le train !

Les trois amis s'élancent de toutes leurs forces pour le rattraper et réussissent à y grimper. Joie et Tristesse poussent un soupir de soulagement. Si tout se passe bien, elles seront bientôt de retour au Quartier Cérébral.

Au même moment, les autres émotions prennent d'étranges initiatives...

— La vie était formidable, quand on était dans le Minnesota, dit Colère.

— Tu veux qu'on... s'enfuie ? s'inquiète Peur.

— Et pourquoi pas ? On avait une équipe de hockey, des amis... une chambre !

— Oui, Riley était certainement plus heureuse là-bas, conclut Dégoût.

— Si... si on se donnait une nuit de réflexion avant de... propose Peur à mi-voix.

— OK! répond Colère. Dormons là-dessus.

chapitre 6

Le cauchemar

Riley s'endort, les lumières s'éteignent dans son esprit… et le Train de la Pensée s'arrête.

— C'est impossible ! s'alarme Joie. On ne peut pas attendre jusqu'au matin !

— Et si on la réveillait ? propose Tristesse en regardant par la fenêtre.

Joie suit le regard de son amie et voit les studios de Rêves Productions. Elle devine l'idée de Tristesse. Pourquoi pas ?

En approchant du plateau, Joie, Bing Bong et Tristesse entendent la voix de la réalisatrice :

— Bon, on a du boulot, cette nuit. On vient de recevoir les souvenirs de la journée, et ce n'est pas brillant : Riley a perdu sa meilleure amie, à l'école c'était pas terrible, et elle arrête le hockey. Il va falloir réparer tout ça !

Le plateau de tournage est impressionnant. Joie aperçoit même Licorne Arc-en-ciel, son actrice favorite des rêves de Riley ! Les trois amis se glissent ensuite dans la réserve à costumes.

— Comment peut-on la réveiller ? s'interroge Joie.

— Le mieux est de lui faire faire un cauchemar, murmure Tristesse.

Joie n'aime pas beaucoup cette idée.

— Et si on la faisait plutôt rire ?

La scène de tournage a lieu dans la salle de classe, où Riley revit sa première journée de cours, en pire. La réalisatrice consulte son scénario quand elle voit arriver un personnage déguisé en chien, qui saute partout et se met à lécher le professeur.

— Ça ne marche pas ! dit Tristesse.

Mais Joie veut y croire. Sous le costume de chien, elle fait des bonds dans tous les sens. Bing Bong, lui, lance des confettis et des ballons.

— Mais si ! Ça va marcher, regarde ! Hou ! C'est la fête !

À force de s'agiter sous le costume, Joie finit par perdre l'équilibre, et le chien se sépare en deux : Tristesse tenant les pattes arrière, et Joie les pattes avant...

— Ils ne font pas partie de ce rêve ! hurle la réalisatrice. Arrêtez-les !

Et si Joie et Tristesse parviennent à se sauver, en revanche, Bing Bong est arrêté... Les gardes le conduisent au Subconscient, un endroit de l'esprit de Riley où sont enfermées ses plus sombres angoisses... Joie et Tristesse s'élancent à son secours. Elles évitent l'aspirateur de Mamie et l'escalier du sous-sol, avant de libérer Bing Bong

d'une cage-ballon perchée sur le ventre de Django, l'effroyable clown géant !

Soudain, Joie et Tristesse ont une nouvelle idée : elles pincent le gros nez rouge de Django, qu'elles attirent ensuite sur le plateau de tournage de la fabrique des rêves de Rêves Productions. Quel cauchemar !

Riley se réveille en sursaut. Vite, Joie, Tristesse et Bing Bong regagnent le Train de la Pensée juste avant qu'il ne redémarre !

Colère et Dégoût entrent en trombe dans la salle de contrôle et trouvent Peur recroquevillé sous le tableau de commandes.

— On était à l'école, et tout le monde se moquait de nous, et ce chien est arrivé, et il s'est coupé en deux, et...

— Ce n'était qu'un rêve ! hurle Colère, hors de lui. Ça ne valait pas le coup de la réveiller pour ça !

— Je sais, dit Peur, mais c'est p... plus fort que moi.

— Bon, il est temps de passer à l'action ! décide Colère en

prenant le contrôle du panneau de commandes.

Assise sur son lit, Riley allume son ordinateur portable et consulte les horaires de bus pour le Minnesota.

— Un voyage coûte de l'argent, remarque Peur. Comment va-t-on faire ?

— Où était le sac de Maman la dernière fois qu'on l'a vu ?

— Mais... tu ne vas tout de même pas... ?

Colère répond avec un haussement d'épaules :

— Ce sont les parents, qui nous ont mis dans cette galère, alors c'est à eux de nous en sortir !

Riley sort de sa chambre, descend l'escalier et fouille dans le sac de sa mère. Elle y trouve sa carte de crédit, qu'elle fourre dans sa poche.

chapitre 7

Un travail d'équipe

— Youhou ! Qui est-ce qui sera de retour dans pas longtemps ? demande Joie.

— C'est nous ! répond Bing Bong.

À l'arrière du Train de la Pensée, Joie, Tristesse et Bing Bong se félicitent. Mais un craquement terrible se fait entendre : les rails se tordent, et le train est secoué dans tous les sens !

Joie regarde par la fenêtre : l'île de l'Honnêteté a sombré dans le vide.

— Mais... qu'est-ce qui se passe ?

— Vous n'êtes pas au courant ? s'étonne le contrôleur du train. Riley s'enfuit de la maison !

Joie, Tristesse et Bing Bong sont consternés.

— L'île de la Famille... c'est notre dernier espoir, dit Joie.

En effet, l'île de la Famille est la dernière à tenir, la seule qui soit encore reliée au Quartier Cérébral.

— Allons-y !

Pendant ce temps, Riley a rassemblé ses affaires. Elle s'habille et descend l'escalier.

— Bonne journée, ma chérie ! lui lance Maman quand elle passe la porte d'entrée.

— Travaille bien, mon petit singe ! Houk houk houk... ajoute Papa.

Riley quitte la maison sans répondre. Au lieu de se rendre à l'école, elle se dirige vers la gare routière.

Crrrrrrck !

La terre tremble, et l'île de la Famille s'effondre à son tour ! Tristesse réussit à s'accrocher aux rayons, mais Joie et Bing Bong tombent dans les abysses.

— Joooooooie !

Après une chute vertigineuse, Joie rebondit sur une montagne de vieux souvenirs, tout au fond du ravin. C'est l'endroit le plus sinistre de l'esprit de Riley : le Vidage Mémoire.

Joie a l'impression d'avoir abandonné la fillette. Elle contemple avec nostalgie son souvenir préféré du match de hockey perdu... et comprend tout à coup quelque chose !

Le bon côté de ce souvenir, c'est quand les parents de Riley l'ont consolée après son échec. Or, si elle n'avait pas éprouvé de chagrin, elle n'aurait pas eu la joie d'être réconfortée. Donc, Riley a besoin de Tristesse pour connaître le bonheur !

— Il faut sortir d'ici ! s'écrie Joie.

Elle essaie d'escalader la montagne de vieux souvenirs qui s'effacent, mais Bing Bong l'en dissuade :

— Tu perds ton temps, on n'y arrivera jamais. C'est comme si on était sur une autre planète.

Une autre planète...

Joie réfléchit. Elle se souvient du chariot de Bing Bong. Le chariot qui, lui aussi, est tombé au fond du ravin. Joie se met à chanter sa chanson, et Bing Bong, qui a compris où elle voulait en venir, l'accompagne. Le chariot ne tarde pas à répondre. Il bondit d'un tas de vieux souvenirs. Joie et Bing Bong grimpent dessus en chantant à pleins poumons, mais impossible d'arracher le chariot du sol. Bing Bong regarde sa main. Elle est en train de disparaître. Alors, il lui vient une idée :

— Encore une fois, Joie ! Chante aussi fort que tu le peux ! Je sens qu'on va y arriver !

Et Joie se met à chanter avec l'énergie du désespoir. Sans la prévenir, Bing Bong saute du chariot en marche, et cette fois, celui-ci décolle ! Ce n'est qu'en atteignant le sommet que Joie se rend compte qu'elle est toute seule.

Au fond du ravin, Bing Bong la félicite.

— Bravo ! Tu as réussi ! Emmène Riley sur la Lune à ma place ! lance-t-il avant de disparaître.

— J'essaierai, Bing Bong, je te le promets, dit Joie en retenant ses larmes.

chapitre 8

Retour à la maison

Riley a déjà atteint la gare routière quand ses parents se rendent compte de sa disparition. Maman l'appelle sur son portable, mais la fillette ne répond pas. Le bus pour le Minnesota est sur le point partir, et Riley s'apprête à monter dedans.

— Ce n'est pas possible ! crie Peur. On ne peut pas la laisser faire ça.

Colère et Dégoût sont d'accord. Ils sont allés trop loin. Les émotions se jettent sur le panneau de contrôle, mais les commandes ne répondent plus !

— Riley n'a plus d'émotions ! crie Peur.

Pendant ce temps, Joie cherche Tristesse, mais elle a disparu. Heureusement, elle a laissé derrière elle une traînée de souvenirs bleus ! Joie ne tarde pas à la retrouver. Perchée sur un nuage, Tristesse s'éloigne du Quartier Cérébral.

— Je ne sers à rien ! Je ne fais que des bêtises ! gémit-elle.

Joie se serait bien passée de cette nouvelle catastrophe ! Elle a compris, maintenant, que Tristesse est aussi indispensable à l'équilibre de Riley que toutes les autres émotions. Joie se lance à la poursuite de Tristesse et tombe sur le petit ami imaginaire de la fillette.

— Je pourrais mourir pour Riley, soupire le garçon.

— Ah oui ? Eh bien, c'est le moment de le prouver ! lui répond Joie.

À l'aide d'un démultiplicateur de rêves, Joie reproduit le petit ami imaginaire en six exemplaires. Les garçons la propulsent ensuite dans

les airs, et elle parvient à rattraper Tristesse.

— Oh, regardez ! s'exclame Peur.

Il tend la main vers la vitre du Quartier Cérébral. Joie et Tristesse sont de retour ! Malheureusement, elles sont du mauvais côté de la fenêtre d'observation.

— Je m'en charge ! s'écrie Colère.

Quand il est vraiment en forme, Colère est capable de faire jaillir des flammes de son crâne. Et à cet instant, il dispose de toute la fureur nécessaire pour faire fondre une paroi de verre !

De retour au Quartier Cérébral, Joie n'hésite pas une seconde :

— À toi de jouer, Tristesse ! Riley a besoin de toi !

Tristesse réussit alors à ôter l'idée de fugue du panneau de contrôle. Aussitôt, Riley descend du bus et se précipite chez elle ! Ses parents sont si heureux de son retour à la maison ! Joie confie alors les cinq sphères jaunes qu'elle avait emportées avec elle à Tristesse afin qu'elle les teinte de bleu, avant de les replacer dans la Mémoire Centrale de Riley...

La fillette fond en larmes.

— Oh, Papa, Maman, notre vie au Minnesota me manque terriblement ! sanglote-t-elle.

Les parents se précipitent vers leur fille et l'étreignent.

— Tu sais quoi ? Moi aussi, j'ai le mal du pays ! confie Papa.

Ils pleurent maintenant tous les trois, sans savoir si c'est de joie ou de tristesse.

Dans la salle de contrôle, un nouveau souvenir aux reflets

bleus et dorés apparaît... C'est une première ! Joie et Tristesse se lèvent pour le ramasser ensemble.

Une nouvelle île de la Famille surgit alors des profondeurs, plus grande que l'ancienne.

Épilogue

En quelques jours, le monde de l'esprit de Riley s'est métamorphosé, à commencer par le Quartier Cérébral, où les ouvriers sont venus installer un nouveau panneau de contrôle, plus grand.

Les émotions contemplent par la fenêtre les nouvelles îles de la Personnalité de Riley.

— J'adore cette vue ! se réjouit Peur.

— L'île de l'Amitié s'est développée, constate Colère. C'est bien qu'ils aient ouvert cette nouvelle section : *dispute amicale.*

Peur hausse les épaules.

— L'île des Boys Bands, par contre... J'espère que ça va lui passer !

Un des ouvriers s'éclaircit la gorge :

— OK, à vous de jouer, les gars ! Votre nouveau panneau de contrôle est opérationnel.

Dégoût y découvre un nouveau bouton :

— C'est quoi, ça : *pu-ber-té* ? interroge-t-elle.

— J'ai enfin accès au *Dictionnaire complet des gros mots* ! s'exclame Colère, ravi.

Les parents de Riley se tiennent au bord de la piste de hockey, les couleurs de l'équipe de leur fille peintes sur le visage.

— Vous savez, vous n'êtes pas obligés de venir à tous les matchs... dit Riley.

— Tu rigoles ? répond Papa. Je ne veux pas en manquer un seul ! Allez, les Foghorns !

Les parents se mettent aussitôt à pousser des cris d'encouragement.

— OK, OK, chuuut... Je... il faut que j'y aille, souffle Riley.

— Ils sont cool ! admet Colère à propos des parents.

— Et ils nous adorent ! poursuit Peur.

— Ouais, euh... Nous aussi, on les adore, nuance Dégoût, mais il ne faut pas trop le montrer !

Riley s'éloigne et s'élance sur la glace.

— T'es prête? lui demande une des filles de l'équipe.

Elles se tapent dans les mains et se placent. Dès que le palet est lancé, Riley se donne à fond. Joie cède les commandes à Colère, qui rugit :

— Donne-moi ce palet, ou je te bouffe toute crue !

— Attention ! À gauche ! crie Peur.

— On va encore sentir la sueur, dit Dégoût. Beurk !

Joie est heureuse. Riley s'est fait de nouveaux amis. À l'école, tout se passe bien. Joie sait maintenant que, main dans la main avec Tristesse et toutes les autres émotions, elle fera en sorte que Riley ait une vie merveilleuse.

FIN

Table

PAPIER À BASE DE FIBRES CERTIFIÉES

hachette s'engage pour l'environnement en réduisant l'empreinte carbone de ses livres. Celle de cet exemplaire est de :
250g éq. CO_2
Rendez-vous sur www.hachette-durable.fr

Photogravure Nord Compo - Villeneuve-d'Ascq

Imprimé en Roumanie par G. Canale & C. S.A.
Dépôt légal : octobre 2015
Achevé d'imprimer : septembre 2015
19.7750.8/01 – ISBN 978-2-01-231726-0
Loi n° 49956 du 16 juillet 1949
sur les publications destinées à la jeunesse